내일 헤어진 사람

시작시인선 0455 내일 헤어진 사람

1판 1쇄 펴낸날 2022년 12월 23일
지은이 신형주
펴낸이 이재무
기획위원 김춘식, 유성호, 이형권, 임지연, 홍용희
책임편집 박예솔
편집디자인 민성돈
펴낸곳 (주)천년의시작
등록번호 제301-2012-033호
등록일자 2006년 1월 10일
주소 (03132) 서울시 종로구 삼일대로32길 36 운현신화타워 502호
전화 02-723-8668
팩스 02-723-8630
블로그 blog.naver.com/poemsijak
이메일 poemsijak@hanmail.net

ⓒ신형주, 2022, printed in Seoul, Korea

ISBN 978-89-6021-686-0 04810
　　　978-89-6021-069-1 04810(세트)

값 10,000원

내일 헤어진 사람

신형주

천년의
시작

시인의 말

내일 밥 먹게 집으로 와

알았어요

엄마의 현관문은 열리지 않았습니다

그렇게 엄마와 내일 헤어졌습니다

차 례

시인의 말

해 설

제1부

바람의 여울목

바람의 여울목 한가운데 서 있다
바람은 여울처럼, 빠르고 급하게 흐른다
바람을 만지는 손, 물갈퀴가 나오려는지 간질간질하다
바짓단 무릎까지 걷고 있으면 흰 종아리를 스쳐 콸콸,
세차게 흘러가는 바람
몸이 휘청거린다
발가락에 힘을 주고 버틴다

허공에 마음의 투망 멀
리 멀리 던진다
이국의 낯선 내음
꽃향기들
새소리들
헤엄치다
그물에 걸린다
펄떡펄떡 살아 움직인다

휘돌아 가는 바람 속에서 얼핏 나타났다 사라지는
그리움 한 마리
지느러미가 크다

미션 임파서블

봄밤
빛나는 반월도로
도화 향을 슬라이스,
슬라이스 얇게 저며
은쟁반에 곱게 담으리
검은 복면을 하고
밀키웨이 건너
님 계신 곳으로 가리
복사꽃 향기
한 점 두 점 먹여 주며
가슴에 몰래 숨겨 둔
마음의 반월도 꺼내
님 마음
쓰윽 베어 오리

동파

너와 헤어지고 난 그해 겨울
유난히도 추웠다
마음이 동파될까 무서워
따뜻한 곳만 찾았고
두꺼운 옷 겹겹 껴입고
그래도 얼까 두려워
눈물샘의 꼭지 조금 열어 두었다
똑. 똑. 똑. 똑
하지만 혹독한 한파 견디지 못하고
터져 버린 그리움
분수처럼 솟아
자존심의 둑 무너트리고
너에게로 콸 콸 콸 흘렀다

괄호에 대하여

작년에 작고한 시인의 시집을 읽다가 아차 그녀는 떠났지 시인 이름을 검색해 보니 이름 옆에 생몰 연대가 적혀 있다 오래 물끄러미 들여다보았다 그녀는 괄호 안에 많은 시집을 품고 떠났다 괄호를 열면 생生이요 괄호 닫으면 몰歿이다 태어날 땐 괄호가 열리며 축가를 불러 주고 이승을 떠날 땐 괄호를 닫으며 송가를 불러 준다 살면서 괄호 안에 저마다의 시간을 채운다 연극이나 시나리오에서 대사보다 중요한 것이 지문이다 모두 괄호 안에 들어 있다 지문은 말이 아닌 세심한 몸짓이나 표정을 나타낸다 슬픔만 한 거름이 어디 있으랴 하고 시인은 삶의 지문 같은 것을 남겼다 사람들은 괄호 바깥에 서서 그녀를 애도한다 눈 오는 밤 오늘도 먼 불빛 비치는 장례식장에서는 누군가의 괄호 닫히는 밤을 조문객들이 조용히 지켜 주고 있다 괄호를 붙여 놓으니 () 촛불 같기도 하고 두 손 합장하는 모습 같다

추문

스캔들의 어원은 함정이라지
알면서 스스로 빠지는 황홀한 독

새는 단 과일을 본능으로 안다지
달콤만을 쪼아 먹히다가
썩어 가도 좋으리
사랑을 연비로 새겼다는 어우동처럼
마음 깊은 곳
붉은 타투 오롯이 새겨 놓으리

내가 가장 예뻤을 때*

내가 가장 예뻤을 때
KAL858기 폭파 사건으로
탑승객 115명 전원이 사망했다 김현희 얼굴이 뉴스에 매
일 나왔다
미인이었다

내가 가장 예뻤을 때
88올림픽 개최로 나라가 떠들썩하고
TV에서 굴렁쇠를 굴리며 경기장을 뛰어가는 꼬마가 클
로즈업됐다

지병 앓던 아버지 돌아가시고
내가 가장 예뻤을 때
검은 상복 입고 흰 리본 핀을 머리에 꽂았다

내가 가장 예뻤을 때
직장 상사 김 대리는 기안 결재를 받으러 가면
알 수 없는 눈웃음 치며 사인을 했다
돌아 나오는 등 뒤에 오물이 튄 거같이 더러웠다

\>

내가 가장 예뻤을 때
주말이면 카세트 테이프로 해리 닐슨의 노래
《Without You》를 들으며 우울을 반복 재생했다

내가 가장 예뻤을 때
키에르 케고르의 죽음에 이르는 병이
절망이라는 걸 알았다

그래서 결심했다
약해지지 말고 오래 살아남아
시바타 도요처럼 무거운 깃털 같은 시를 쓰겠노라고

* 이바라기 노리코 시 「내가 가장 예뻤을 때」에 기대어 쓰다.

리폼

사람도 그런 사람 있지
편해서 함부로 대하면
올 풀리고 구멍 생겨
그 틈으로 무례와 무관심이 드나들지
찬찬히 훑어보면 상처들 보일 거야
마음의 환절기 찾아올 때
꺼내어 보고 만지작거리다 도로 넣어 둔
낡고 빛바랜 인연의 옷
오래 입고 싶다면
계속 간직하고 싶다면
리폼을 하는 거야
모던하고 엣지 있게 재단해서
애정 덧대어 촘촘 박음질하고
헐거워진 관심의 단추도 튼튼하게 매달면
오래된 새 옷 한 벌 생기는 거야

파경

겨우내

꽁꽁 얼어 있던 저수지

어느 날부터

외출 잦던 해가

얼굴 자주 들여다보더니

쩌억 쩌억

금이 갔다

겨울이 깨졌다

푸드 포르노

늦은 밤 불 꺼진 방 안
TV 속 맛 탐방 프로에서
사내의 게걸스러운 눈빛
요리조리 음식을 탐색한다
무슨 맛일까 상상하며
꿀꺽, 침을 삼키자
복숭아씨만 한 목젖이 움직인다
코를 가까이 대고 킁킁거리며
신음 소리 낸다
어서 먹고 싶다며
약 올리지 말고 빨리 달라고 외친다
드디어 먹는다
혀로 핥고 한 입 한 입 맛을 음미한다
카메라 줌-인
만족한 듯 미소 지으며
엄지를 척 치켜세우고
입을 쓰윽 닦는다

방송마다 먹방이다
자극이 셀수록 시청률이 오르는

푸드 포르노

식욕을 발기시킨다

못 참고 어느새 야식 배달 앱을

손가락으로 터치, 터치하며

허기를 수음하는 밤

쓸쓸

어느 날 등기처럼 도착하는
옆에 나란히 앉아 있지만 혼자인
고택 앞마당 나뒹구는 낙엽 쓰는 비질 소리 같은
터진 솔기 사이로 언뜻언뜻 보이는 맨살인
사막의 바람이 언덕의 모래를 조금씩 서쪽으로 옮기는
소리 같은

버스 앞자리에 앉은 중년 여인의 머리에 삐져나온 흰 머
리카락
쓸쓸 몇 올 뽑아 주고 싶네
쓸쓸의 온도는 윗목처럼 차가워
옷을 두껍게 껴입어도 으스스해
쓸쓸은 온몸으로 말하네
화려한 옷 걸치고 웃고 떠들어도 들키는
수많은 쓸쓸들의 냄새

추파

전철 안, 앞자리에 앉아 있는 중년 남자의 게걸스러운 눈빛
맞은편 짧은 치마 입은 여자 맨다리에
낙지 빨판처럼 달라붙어 욕망을 빨아들이고 있다
핸드폰을 검색하고 있는 여자
무언가 스멀스멀 기어 올라오는 것 같은지
자꾸만 다리를 쓸어내리고 있다
고개 들어 흡반 같은 남자의 눈 마주치자
딴청 피우는 남자
여자가 가방을 들여다보는 사이 다시 재빠르게 달라붙는
눈빛
사당역 알리는 방송 나오자 일어나 문 쪽으로 가는 여자
남자의 눈빛 따라간다
여자가 내리고 문이 닫히자 다리에 붙어 있던 눈빛
댕강댕강 토막 난 낙지 발처럼 바닥에서 꿈틀거리고 있다

포옹

백운호수에 비 내린다
사선으로 사선으로
허공을 베고 할퀴며
긋다가 긋다가
호수에 닿자
동그랗게
링 링 링
두 팔 벌려 어깨를 감싼다

백운白雲에서 떠나
고향인 물의 나라로 돌아온 비
그곳은 다시 백운호수

가만히 동심원들 바라보고 있으면
나도 모르게 두 팔 벌려
누군가를 감싸 안고 싶어진다

나를 유기하다

사방에서 꽃들이 짖어 대는 유원지에 오면
답답한 생활의 목줄 끊고
이곳에 나를 슬그머니 유기하고 싶어져

버려진 나는 행복해
버려진 나는 자유로워

꽃 따위는 집어치워
향기는 사람을 배반하기도 하지

킁킁 촉촉하고 반질반질한 코로
육식의 냄새를 쫓으리
쫑긋쫑긋 두 귀로 날것의 먹이를 감지하리
꼬리를 바짝 세우고 방종을 즐기리
탱탱하고 단단한 다리로 역마를 즐기리
가끔 발정 나면 유기된 수컷 만나 짧은 사랑을 하리
야성으로 돌아가 본능을 살리라

퍼스트 펭귄

남극 한복판
펭귄 무리가 빙판을 걸어
바다 건너 서식지로 가기 위해
끝에 다다랐습니다

바다에는 범고래와 바다표범 같은 천적들이 있습니다
무리가 머뭇거리고 주저할 때
한 마리 펭귄이 먼저 바다에 뛰어들자
뒤따라 다른 펭귄들도
줄줄이 바다로 뛰어듭니다
바다로 뛰어드는 최초의 펭귄을
더 퍼스트 펭귄이라 부릅니다

인류사에도
세상의 빙판 끝에 다다랐을 때
다수의 인민을 위해 격랑 속으로 뛰어드는
이들이 있었습니다

고양이가 데려오는 봄

거실 한구석 흰색 앙고라 털실
그 옆에 동그랗게 몸 말고 졸고 있는 고양이

두 뭉치의 고요
허공에 먼지만 소란하다

아기 고양이 한 마리
털실 한 올 잡아당기니
데구르르
깜빡 졸고 있던 햇살의 잠 깨어난다

올올
봄이 풀리고 있다

사과가 있어야 할 자리

정물화 그리는 시간
흰 테이블 위 접시에 빨간 사과 여러 알 담겨 있어요
캔버스 앞에 앉은 수강생들에게 강사는 말했지요
사과의 마음이 되어 사과를 그려 보라고
머리가 아닌 마음 속으로 공손히 데려가 보라고 했어요
사과가 있어야 할 자리는 저마다 다를 수 있다고
아니 다르다고 확신에 찬 소리로 말을 하고 잠시 자리를
떠났지요

처음엔 모두들 강사의 말에 의아해했으나 곧 사과가 있어
야 할 자리를 고민하는 눈치였어요
눈을 감는 사람, 고개를 갸웃갸웃하는 사람, 먼 곳을 응
시하는 사람
각각 그렇게 마음속으로 사과를 데려가고 있어요
나는 사과를 뚫어지게 바라봤지요
사과도 나를 뚫어지게 쳐다보더군요

사과가 말을 걸어왔어요
이봐 난 정물이 아니야 난 언제든 스스로 움직일 수 있
고 유한하지

>

이리저리 머릿속에서 데굴데굴 구르던 사과 한 알, 시간
을 타고
마음속으로 내려오더니 어두운 구석에 들어와 앉았지요
퍼즐의 마지막 조각처럼 사과가 있어야 할 자리를 찾았어요

내가 나를 함부로 했던 것들
내가 나를 속인 것들
정작 사과가 필요한 건 바로 나였어요
아, 너무 늦어 버린 건 아니겠지요

제2부

만금이 바다 학교다

다큐 프로그램에서
고파도 갯벌이 나온다
경운기 끌고 온 사내
바지락 망태와 할머니들 태우고 사라지고

상공에서 드론이 촬영한 갯벌
삐뚤삐뚤 자음과 모음이 씌어져 있다
목포댁은 ㄱ자로
순천댁은 ㄹ자로
무안댁은 ㅑ 자로

평생 일 공부만 하며 호미처럼 허리 꼬부라진
그녀들이 몇 시간 동안 몸으로 쓴 글씨

배움이 고픈 고파도 늙은 학생들
내일 또 와서
복습하라고
친절한 파도 선생님
개펄 공책 깨끗하게 지워 놓는다

만금은 바다 학교다

길 위의 잠

서청주 고속도로

남도화물이 새벽을 달린다

드럼통에 실린 화공 약품이 출렁거린다

해골 표시가 다가오지 말라고 위험을 알린다

불쑥불쑥 앞지르기하는 차들

계기판에 졸음이 차오른다

껌을 씹는다

과자를 먹는다

음악을 크게 튼다

씨팔 씨펄 창밖으로 쌍욕도 날려 본다

계기판 졸음의 게이지는 계속 올라가고

졸음이 운전대를 잡는다

중앙분리대로 돌진한다

옆으로 누운 트럭 바퀴는

달리던 속도를 기억하며 헛돌고

드럼통들 길 위로 나뒹군다

해골들이 웃으며 굴러간다

매캐한 냄새가 새벽을 깨운다

칭얼대던 졸음이 도로에 누워 있다

하나둘 모여드는 불빛들

사이렌 소리를 들으며
사내는 영원한 잠 속으로 빠져든다

투시

—르네 마그리트 그림

탁자 위에 잠자고 있는 알 하나

이젤 앞에 앉은 남자

알을 뚫어지게 응시한다

붓을 집어 든다

알의 미래를 그린다

몸통

다리

날개

눈

갓 태어난 새 한 마리

비상을 준비한다

모닝콜 변천사

협탁 위에 있던 스마트폰 알람 노래가 혼몽한 잠을 흔들어 깨운다 손 뻗어 능숙한 터치로 모닝콜을 끈다

모닝콜의 변천사를 떠올려 본다

소 치는 아이 상기 아니 일었느냐
중천에 해가 떠 있는데도 늦잠 자는 아이를 꾸짖는 한시에서 보듯 동터 오는 새벽녘 어른들은 자연이 알려 주는 알람을 몸으로 듣고 일어났다

새벽닭 홰치는 소리에 자꾸 달라붙는 곤한 잠을 부스스 털며 일어나던 시절이 있었다

울타리 밖 만발하는 꽃처럼 피어나는 새소리는 이불 속까지 날아 들어와 몸을 간지럽히며 기어코 잠을 깨웠다

문풍지 사이로 바람이 드나들어 웃풍이 있던 방 이불 싸매고 코만 내놓고 비몽사몽일 때 부엌에서 들려오던 또닥또닥 도마소리와 구수한 된장찌개 내음은 이불을 박차고 일어나게 만든 최고의 모닝콜이었다

헛

　하도 헛한 일 많아 헛에 대해 검색해 보니 명사나 동사 앞에 붙어 이유 없는, 보람 없는, 잘못의 뜻을 더하는 접두사라고 나온다 예를 들면 이런 것들이 있다 헛걸음 헛고생 헛약속 헛시간 헛소문 헛수고 헛살다 헛디디다 헛보다 헛먹다 헛결정되다 헛대답하다 헛농사하다 이 외에도 수없이 많다 사람살이에 이렇게도 헛한 것이 많았다니 거참 헛하다 또 헛사랑을 치니 아무런 결실도 없는 사랑을 함 또는 그런 사랑이라 나온다 어찌 사랑이란 글자 앞에 감히 보람 없는, 이유 없는, 잘못을 뜻하는 헛이 올 수 있나 결실이 없어서 오히려 사랑일 수도 있다 헛사랑이라 자주 노래 부르는 사람들은 사랑을 모르는 사람일 거야 제아무리 헛이 난무하는 세상이라지만 사랑 앞에까지 헛을 붙이진 말자 헛사랑은 없다

학교 가는 길

네팔의 다딩 마주와 마을에 살고 있는 초등학생 엘리니가 일찍 일어나 학교 갈 준비를 합니다 교복을 입고 가방 메고 밧줄을 들고 집을 나섭니다 트라슐리강을 가로질러 놓인 쇠줄에 도르레를 걸고 유격 훈련하듯 밧줄에 의지해 강을 건넙니다 발밑으로 싯누런 강물이 흘러가고 있습니다 강을 건넌 후 언덕을 오르면 고속도로가 나옵니다 차들을 피해 갓길로 한참을 걷고 나면 다시 출렁다리가 보입니다 양쪽 줄을 붙잡고 중심을 잘 잡으며 건너야 합니다 세 시간쯤 걸려 학교에 도착한 엘리나 환하게 웃으며 친구들과 팔짱을 끼고 교실로 들어갑니다

베란다에서 내려다보니 e편한세상 아파트 단지 내에 있는 초등학교 정문에 아이 손을 잡고 온 학부모들이 아이를 들여보내고 난 후에도 제 아이가 안 보일 때까지 한참을 서 있습니다

다, 시

깊은 밤 시간의 주름을 아코디언처럼 접었다 펼친다

오월의 햇살이 데워 놓은 토방에 앉아 언니 무릎을 베고 있으면 언니가 귀후비개로 살살 귀지를 파 줬다 몸은 간질간질하고 왜 그렇게 잠은 밀물처럼 차륵차륵 밀려왔던지

검은 양복을 입은 사내 둘이 작은오빠 이름을 크게 부르며 열린 대문을 박차고 들어왔다 구두를 신은 채 마루로 올라오더니 다짜고짜 작은오빠 방이 어디냐 물었고 작은방으로 들어가 책들을 다 꺼내 펼쳐 보고 방바닥에 내동댕이쳤다 불온서적을 찾는다고 했다 불온이 무슨 뜻인지 몰랐던 나는 불안했고 덩치 큰 사내들이 마루에 남기고 간 흙 발자국이 무서웠다

막내 오빠 다섯 살 때 잃어버렸던 이야기는 들을 때마다 생생했다 엄마가 시장 데리고 갔다가 손을 놓쳤단다 엄마는 몸져눕고 아버지가 이틀 동안 찾아 헤맸는데 어느 낯선 동네로 들어서서 집집마다 물어보고 다녔는데 붉은 기와집 섬돌에 놓인 파란 고무신이 눈에 들어오더란다 직감으로 저기 있구나 했단다 동성아 이름을 크게 부르니 방문을 열고 할

머니가 나오며 어이구 애기 아버지요 하더란다 뒤따라서 빡빡머리에 까만 눈동자 아들이 튀어나오더란다 날은 어둑해지는데 길에서 애가 울고 있길래 데려와서 씻기고 밥 먹이고 했단다 날 밝으면 경찰서에 데려다주려고 했단다 막둥이 아들을 업고 집으로 오는데 눈물이 자꾸 나서 걷기 힘들었다고 아버지가 그러셨다

키가 커서 환자복 길이가 짧아 앙상하게 드러난 아버지의 팔과 다리는 마른 장작 같았고 검푸른 정맥이 지렁이처럼 보였던 차가운 맨발이 철제 침상 끝 난간에 간신히 맞닿아 세워져 있었다 중환자실 면회 가서 본 아버지의 마지막 모습이었다

혼주가 된 큰오빠는 이른 아침 신부 화장 하러 가는 막내 여동생을 프라이드 자가용에 태우고 가면서 잘 살아야 돼 힘들면 오빠한테 얘기해 하면서 핸드백에 흰 봉투를 찔러 넣어 줬다

다시 오지 않아 다, 시詩가 되었다

모닥불 피워 놓고

여름밤 해변 둥그렇게 모여 앉아 서로를 쬔다
아지랑이 불빛에 어룽거리는 얼굴들
멍하니 말이 없다
춤추는 불과 자작자작 타들어 가는 소리를
조용히 시청하고 있는 얼굴들
(인디언들은 모닥불을 인디언 TV라 부른다)

포말이 일었다 모래톱 속으로 스며들듯
버블 버블 추억이 일었다 사라지는 밤

동아리 MT 가서 모닥불 피워 놓고 수건돌리기 놀이를 했지
손수건을 손에 꼭 쥐고 돌다가 너의 등
뒤에 몰래 놓고 온 건 내 마음의 꽃이었어
일부러 들키길 바랐지 내 맘을 아는지 모르는지
술래가 된 너는 다른 여자애에게 수건을 놓고 와 앉아
너의 숨소리는 파도 소리보다 더 크게 들렸지
안 보는 척 일부러 불꽃만 쳐다보고 있었지
기타 반주에 맞춰 노래를 불렀던 해변의 시간들은
한 다발의 추억과 비릿한 향기를 남겨 놓았지

>

파도가 바다의 일이라면*

추억은 사람의 일

모닥불 피워 놓고 한곳을 바라보는 사람들은 다정한 연
인들처럼 다정 다정

나는 밤하늘로 올라가는 불티를 보며 자맥질하는 파도 소
리를 듣고 있지

손가락 사이로 시간이 빠져나가고 있어

* 『파도가 바다의 일이라면』: 김연수 소설 제목.

포대화상*

도선사 포대화상 앞
차례를 기다리고 줄 서 있는
남녀노소 불전함에 지폐를 넣고
불룩한 배를 만지며
손바닥을 펴 오른쪽 세 번
왼쪽 세 번 돌리며 소원을 빈다
새까맣고 반질반질해진
포대화상 배
때 묻혀 놓고
돌아서는 사람들 얼굴
환하다

* 포대화상: 체구가 비대하고 배가 불룩하게 나왔으며, 항상 지팡이를
들고 일용품을 담은 자루를 메고 다니면서 소원을 들어준다고 한다.

후원

한국 유니세프는 40만 명에 이르는 회원들의 십시일반 후원금으로 운영되고 있음에도 불구하고 사무총장을 비롯한 고위 간부들은 해외 출장 때마다 이코노미석보다 세 배가량 비싼 640만 원짜리 비즈니스석을 이용해 온 것으로 밝혀져 후원자들이 분노했다고 한다 더욱 공분을 산 건 내부 비리를 고발한 직원을 해고시켰다 한다
—2018년 4월 27일 자 인터넷 신문《인사이트》

뼈만 남은 팔다리
빵빵한 배
굶주린 아기 새처럼
연예인 품에 안긴 어린아이
퀭한 눈망울 클로즈업되고
연예인은 세상에서 가장 낮고 슬픈 목소리로 연기한다

월 2만 원, 당신의 소중한 후원이 죽어 가는 아이를 살립니다
1544-××××, 1544-××××

포르노처럼 발가벗겨질수록 돈이 되는
아프리카의 기아와 가난이 홈쇼핑 상품처럼 팔린다

수상 가옥

톤레사프 호수 수상 가옥촌

베트남전쟁 후 난민이 된 남베트남 사람들이 이리저리 떠
돌다 정착하게 된 곳 조국은 이들을 받아 주지 않았고 캄보
디아 정부는 이들에게 시민권을 주는 대신 수상 가옥에서
생활하는 조건을 붙였다고 한다 그곳에도

지붕이 있고
창문이 있고
학교와 은행이 있고
시장과 식당이 있다
죽음이 태어나고 삶이 죽는다

그들이 수심 깊은 곳에 뿌리를 박고 함부로 떠내려가지
않는 이유는 자족하며 살아가는 마음의 부력 때문이다

나는 육지에 발을 딛고 있으면서도 급류를 사는 듯 둥둥
떠다니며 허우적허우적 살고 있다

은서네 집

아동 보호소 미술 치료 시간
은서가 그림을 그립니다
수년간 아버지로부터 굶주림과 학대를 받아 온 아이
몸무게가 16㎏밖에 안 되는 11살 소녀가 그리는 그림

도화지 한쪽 구석에 작게 그린 이층집
일 층에는 현관과 창문 두 개
이 층에도 창문 여러 개를 그립니다
마당에는 트리와 앙증맞은 양말 한 켤레가 그려져 있고
이 층 굴뚝에서는
장미꽃 두 송이가
몽실몽실 피어오르고 있었습니다

제목은 은서네 집입니다

생활 1

권투 KO 장면이 슬로비디오로 생중계된다
챔피언이 로프에 기댄 도전자의
왼쪽 뺨을 강타한다
출렁이는 몸
턱과 고개가 왼쪽으로 천천히 돌아간다
시선은 자꾸 오른쪽으로 치우친다
파편처럼 튀는 땀
실룩거리는 얼굴
살들이 뼈를 벗어나지 않으려고 길게 늘어졌다 다시 붙는다
마우스피스가 입에서 튕겨 나간다
바세린 바른 눈두덩이 살이 찢어지며 공중에 피가 튄다
입에서 흘러나온 침
무중력에 갇힌 것처럼 허공을 떠돈다
서서히 무릎 꿇고 주저앉는다
소리는 OFF되고
겁먹은 눈빛만이 소리 지른다

시집의 활용법

컵라면에 물을 붓고 뚜껑 대신 식탁에 놓인 시집으로 덮어 놓았다 두껍지도 얇지도 않은 책 한 권이 한 끼 식량이 익어 가는 걸 도와주니 이보다 요긴한 것이 어디 있으랴 올 초 모임에서 자신의 첫 시집을 건네면서 냄비 받침으로 쓰진 마세요 하던 어느 시인의 말이 떠올라 쓴웃음이 나왔다 김치 국물과 라면 국물이 좀 묻으면 어떠랴 시집이란 생활의 얼룩이 많을수록 오래가고 친근한 집이 되는 것을

시집을 가만히 들여다보며 시집의 활용법에 대해 생각해 본다 시의 집은 집주인의 성품과 직업, 삶의 이력에 따라 그 모양새와 내용이 다를 수밖에 없다 관념으로 지은 집, 모던하고 깔끔하게 지은 집 등 여러 시인들의 집을 방문해 보았지만 내가 제일 오래 머물렀던 집은 벽에 얼룩과 낙서가 많은 집, 양철 지붕 위를 걸어오는 비의 발소리 들리는 집, 햇빛과 바람을 견뎌 낸 천일염 그득한 곰소 염전 같은 집이었다

누워서 잠 청하려던 남편 갑자기 침대 머리맡에 있는 시집을 집어 들더니 벽에 앉아 있는 모기를 냅다 후려친다 시집에 납작 달라붙은 피 남편은 시집의 활용법을 제일 잘 알고 있다

구슬붕이꽃

　형제들 십시일반 모아 부모님께 집 한 칸 마련해 드렸다
합장묘라는 말에 아버지 꼬챙이처럼 뾰족하게 역정 내시며
저 할멈허구 같이 묻기만 혀 봐 무덤에서 도로 튀어나올 텐
께 살아서도 징글징글헌디 죽어서까정 같이? 싫다 싫어 저
세상 가선 혼자 살 겨 연애도 맘대로 허고 뭔 여자가 곰살
궂지 못허고 앙살맞은지 또 고집은 쇠심줄을 삶아 먹었는지
질기긴 예전 두 분이 싸우면 사남매는 운동회 날도 아닌데
편을 갈라 응원하고 달래 드려야 했다 그래도 밤 지나고 새
벽이 오면 부엌 가마솥에서 밥물이 달게 흘러넘치고 고소한
참기름 내음이 방 문턱을 넘어왔다 못자리를 미리 마련해
두면 장수한다는 옛말도 틀렸는지 그해를 못 넘기고 아버
지가 갑자기 돌아가셨다 아버지는 당신 집으로 돌아가셨다
가끔 찾아가는 본가 집 안은 조용했으나 어머니 얼굴은 시
끄러웠다 기제사 지내고 다음 날 성묘를 하러 갔다 어머니
는 당신의 고집을 뽑듯 잡초를 뽑다가 애비야 여그 좀 봐라
구슬붕이꽃이다 니 애비가 그래두 우리 눈 빠지게 지달렸
나 보다 꽃눈 같다 두 송이 구슬붕이꽃을 바라보며 어머니
는 눈가를 연신 훔치고 있었다 강마른 손 꼬옥 잡아 드렸다

파도와 노는 아이

　꽃지해수욕장 해변 아이가 바다 앞에 서 있다 파도가 발
치까지 다가오자 뒷걸음질 치다 뒤돌아 뛴다 네댓 발자국
뛰다가 파도가 쫓아오는지 확인하려고 뒤돌아본다 종종 걸
어가 다시 파도 앞에 선다 와 봐 와 봐 파도에게 말을 거는
아이 발끝에 파도의 손이 닿자 얼른 뒤돌아 도망간다 까륵
까륵 아이 웃음이 모래밭에 채송화 꽃씨처럼 떨어진다 나
잡아 봐 나 잡아 봐 술래잡기하듯 파도와 노는 아이 저 멀
리 윤슬처럼 빛나는 바다에 고깃배 한 척 천천히 밑줄 그으
며 떠 간다

제3부

소나기

늦은 밤 집으로 가는 길
소나기 오네
공중전화 부스 안으로 들어갔네
수화기가 올려져 있고 깜빡이는 50원 표시
누군가 끝내 하지 못한 마지막 말
수화기에 달라붙어 있었네

백 원 넣고 수화기 들어 당신을 누르네
검지가 기억하는 당신의 번호
이 번호는 사용할 수 없는 번호이니 확인하시고 다시 걸
어……

그 사람 잊었지만 그날의 가로등 아래
당신의 목소리 당신의 향기
소나기처럼 마음에 퍼붓고 있는데

주머니에서 갑자기 울리는 핸드폰 문자 알림
어디야 우산 갖고 나갈게

먼나무

제주에서는 집집마다 마당에 먼나무를 꼭 심는다네요
사랑의 열매 나무라고 한대요
그래서일까요
먼나무 먼나무 가만히 부르다 보면
눈에서 멀어질수록 가까워지는 당신 같아요

한겨울 **빨간** 열매가 수없이 달려 있어
사방이 눈에 덮여 있어도 멀리서 금세 눈에 띄는 먼나무

당신은 먼나무
그대가 마음을 타종하면
범종 소리처럼 퍼지죠
눈 속에 핀 **빨간** 소리 알들이
땅으로 뛰어내려
싸목싸목 눈길을 밟고
내게로 천천히 걸어, 걸어올 것 같아요
때로는 아득하게 때로는 가까이 들리는 소리 발자국

새들이 이곳까지 날아와 소리를 배설하면
나의 앞마당에도 먼나무가 자라겠죠

>
하지만
먼나무는 난대성 수종
추운 곳에서는 살지 못해요
먼나무는 먼, 나무라서
멀리 떨어져 살아야만 하죠
당신과 나처럼 말이에요

탄생

이별은
행로를 잃고 불시착해 버린 운석
차갑게 식어 가며 서서히 빛을 잃어 가는 별

이 별에 살고 있는 사람들 이별의 숫자를 헤아려 봅니다
어둠 속에 빛나는 별들만큼 많을 것입니다

이별은 운석이 떨어졌던 자리처럼
가슴에 구멍으로 남은 흔적

유성우 내리는 밤
많은 이별들이 있었나 봅니다

사랑은 날마다 태어나고 이별 또한 날마다 태어납니다

짓

나는 짓입니다 나를 하대하는 또 다른 이름은 짓거리입니다 사람들은 나를 비웃거나 때론 두려워하기도 합니다 온갖 나쁜 건 다 내 앞에 갖다 붙여 놓고 못된 짓 나쁜 짓이니 나를 가리키며 욕을 합니다 어떤 때는 나를 맨 앞에 내세우기도 합니다 접두사로 나를 내세우면 함부로, 흠씬, 마구를 뜻하지요 짓밟다와 짓이기다와 같이 아주 못된 행동을 나타나게 합니다 사람들이 나를 여기저기 마구 쓰면서 내 모습은 추하고 험악해졌습니다 모두가 나를 손가락질하고 무시합니다 그래도 단 하나 난 이것에 쓰일 때마다 행복합니다 절로 미소가 생기고 자긍심마저 갖게 됩니다 세상에서 가장 아름다운 짓 바로 배냇짓입니다

언니

세상의 돌부리에 넘어졌을 때 흙 묻은 옷 털어 주고 상처에 호 하고 입김을 불어 넣어 주는 언니

돌아가신 엄마 자리를 아랫목처럼 따뜻하게 데워 놓고 살다가 추울 때 쉬었다 가라고 손목을 잡아끄는 언니

참깨 고춧가루 김치 보리차 줄 수 있는 건 다 바리바리 싸주고도 더 주지 못해 미안한 미소로 배웅해 주는 언니

뚝 떨어져 있지만 땅속에서는 뿌리로 연결돼 있어 친구처럼 묵묵히 옆에 서 있는 구상나무 같은 언니

사과 두 개 있으면 예쁜 건 나한테 주는 언니
사과 한 개 있으면 나한테 양보하는 언니

기억의 하구에 해당화처럼 피어 있는 언니

신형진 신형주
딸 둘이 진주처럼 빛나고 사랑받고 사이좋게 살라고 아버지가 지어 주신 이름

>

밤새 나란히 침대에 누워 두런두런 이야기 나누다 보면

어느새 동이 트고 주름살 환한 언니가 형부 새벽밥 챙겨

주러 일어난다

들키다

초인종이 울렸다 아버지가 퇴근하셨다 후다닥 다락방으로 올라가 숨었다 들키기 위해 숨었다 드르륵 현관문 여는 소리 마루를 지나 안방 문 여는 소리 아버지가 날 찾아내는 즐거운 상상을 하며 숨죽이고 있었다 이상하게 방 안이 조용했다 다락방 문 틈새로 빛이 들어오고 무거운 공기도 비집고 들어왔다 서랍 여닫는 소리 장롱 여닫는 소리만 들렸다 아버지는 나를 찾지 않았다 아버지 나 여기 있어요 속으로 외쳤다 나갈까 말까 문고리를 잡고 망설이는데 엄마의 한숨 소리가 들렸다 이 일을 어째요 동명 아버지 순간 캄캄한 다락방이 더 캄캄해졌다 나도 모르게 뒤로 주춤 물러났다 뭔가 큰일이 일어났나 부모의 큰 비밀을 알아 버린 동화책 주인공이 된 거 같았다 살금살금 구석으로 들어가 몸을 숨겼다 이제부터 들키지 않아야 한다 하지만 마음과 다르게 몸은 문 쪽으로 바짝 다가서서 문틈에 애꾸눈을 대고 방안을 엿보았다 아버지의 축 처진 등 너머 엄마의 핏기 없는 얼굴이 보였다 놀라서 그만 문에 기대었는데 낡은 문이 끼익 소리를 내며 열렸다 나도 들키고 엄마 아버지도 들켰다

물마중

  제주에서 해녀삼촌들의 마음을 여는 방법은 물마중을 나가는 거랍니다 바다로 나가 네다섯 시간 물질을 하고 뿔소라 해삼 전복 등 오십 킬로가 넘는 해산물을 캐서 갯바위로 올라올 때 망사리를 들어 주며 고생했다고 말해 주는 것 이것이 물마중이랍니다 해녀가 큰 사고를 당하는 경우는 물속에서보다 물 밖으로 나올 때입니다 긴 시간의 물질로 몸은 지쳐 있고 무거운 망사리를 들어 올리다 미끄러운 바위에 얼굴을 찧어 다칠 수 있다고 합니다

  멀리 삼백 미터쯤에서 태왁이 뭍으로 올 때 물마중을 나온 사람이 저 멀리 갯바위에서 손을 흔들어 줄 때 해녀 삼촌들은 피가 뜨거워진다고 합니다

  고금자 해녀가 물질을 끝내고 태왁을 앞세우고 뭍을 향해 옵니다 이 미터를 지나 일 미터까지 다다르자 갯바위에 앉아 담배를 피고 있던 최영만 할아버지가 꽁초를 바다로 던지고 재빨리 몸을 일으켜 할머니에게 다가갑니다 물속에서 나오는 할머니 손을 잡아 올리고 다른 한 손은 무거운 망사리를 물 밖으로 번쩍 들어 올리며 한마디 합니다

할망 오늘 하영 속았수다

친정 엄마

전철 안 옆자리 앉은 여자가 전화를 한다
엄마 나야
점심은 드셨어?
전철이야
거기도 비 와
김 서방 승진했어
서진이 반에서 2등 했다
응 좋지
아 그리고 혜원이 학교 홍보 모델 뽑혔어
엄마도 건강 조심하고 계셔
담 주 김 서방하고 애들 데리고 내려갈게
끊어요 나 담에 내려야 돼

나도 자랑할 거 많은데

남편

오래 입어 편하지만
낡고 헐렁해진 옷
닳고 닳아 색 바랜 옷
서랍 한구석에 처박혀 있지
입기는 싫지만
버리기엔 아까운 옷
유난히 정든 옷

극락조의 사랑

암컷 한 마리 날아와 건너편 가지에 앉습니다

찌롱찌롱

너의 능력을 보여 줘

수컷에게 신호를 보냅니다

수컷이 바빠집니다

햇빛 잘 드는 곳 골라 무대를 만듭니다

조그만 돌들 치우고 땅을 평평하게 고르고

바닥에 어지럽혀진 나뭇잎과 잔가지는

입으로 물어다 무대 밖으로 치웁니다

발레리노처럼 준비 자세를 합니다

형광 날개를 펴고

동그랗게 말린 꼬리로 춤을 춥니다

멀리서 지켜보던 암컷이 맘에 든다는 신호를 보냅니다

수컷이 암컷에게 날아갑니다

몇 초 만에 끝난 극락조의 사랑

둘은 언제 그랬냐는 듯 각자 다른 방향으로 날아갑니다

영상을 지켜보다 아니 공들인 시간이 얼만데 겨우

어리둥절하고 허탈하지만

한편으론 극락이 길면 그게 극락이겠어 하고 웃고 말았

습니다

옆에 있던 남편 알 수 없는 미소를 짓습니다

질투의 레시피

요리의 대가 헤라 원장님을 모셨어요
이 요리는 때와 장소를 가리지 않고 먹을 수 있는 요리죠
적당히 먹으면 열정이 살아나지만
과식을 하면 독이 되기도 하죠
이 요리에 중독된 사람은 분노와 살의를 느끼기도 한답니다
남자들은 안 좋아하는 척 빼기도 하지만
여자들은 금세 눈치를 챕니다

레시피를 소개할게요
주재료는 열등감 한 덩어리
부재료는 비교하는 말 한 스푼
비아냥거리는 눈빛 두 스푼
이스트 약간
재료를 그릇에 담고 거품기로 잘 저어 주세요
시간이 갈수록 부풀어 올라요

질투의 유효기간은 없답니다
밀실에 보관하는 것 잊지 마세요

찌그러지다

　주점에서 파전 안주와 막걸리를 시켰다 막걸리는 주전자로 먹어야 제맛이라고 했더니 주인이 여기저기 우그러지고 움푹움푹 파인 주전자에 술을 담아 내왔다 너무 심한 거 아니냐 했더니 주전자는 찌그러질수록 술맛이 나는 법이라며 탁자에 두고 휑 가 버린다 일행 중 한 사람이 주전자를 바라보며 네 신세나 내 신세나 하며 끌끌 웃는다 너도 사람들 헌테 어지간히 시달렸나 보다 이 지경이 된 거 보니 저마다 움폭움폭 파인 상처들을 꺼내 보이며 술자리가 무르익었다 취한 K 증권이 크게 소리지른다 역시 막걸리는 찌그러진 주전자로 마셔야 맛있네 사장님 말이 맞네 맞네 맞어 맞장구치며 화장실 다녀오다가 주방 안을 보게 됐는데 주인 여자가 슬리퍼 신은 발 뒤꿈치로 새 주전자를 밟고 있는 게 아닌가 더 완벽하게 더 자연스럽게 찌그러뜨리려는지 요리 보고 조리 보고 있었다 주인의 눈과 딱 마주치자 멋쩍게 웃으며 자리로 돌아갔다 주방 한쪽 벽에는 들어온 순서대로 나란히 걸린 상처들이 반짝반짝 울고 있었다 우리는 상처가 따라 주는 술을 마신 것이었다

71

생활 2

경남 창녕군 영산면
전국 투견 대회장
투견장의 열기 뜨겁다
오늘의 선수 핏불과 마스티프

도박꾼들 뿜어 대는 광기의 눈빛
허공에서 교전 중이고
살기가 훅훅 바람을 타고 퍼져 간다

괴상한 울음과 함께 공격이 시작된다
도박꾼들 야유와 탄식 철창을 넘나들고
검은색 핏불의 찢겨진 붉은 살점이 내동댕이쳐진다
바닥에 흥건한 피
흥분하는 사람들
투견 주인들의 괴성
상대의 목덜미 물고 꼼짝 않는 잿빛의 마스티프
이미 전의를 잃은 패배자
풀썩, 고꾸라진다
핏풀은 질질 끌려 나가고 마스티프 목줄엔 쇠사슬이 채
워진다

철창 밖에선 함성과 분노가 쏟아진다

사료라 칭하는 거액의 판돈 암표처럼 오가고
도박꾼들 서로를 물고 뜯는다

제노사이드

하천 변 산책로
제초기 든 사내들 풀 벤다
비릿한 풀 내음
파편처럼 사방으로 튀며
내 옷 적신다

풀의 비명
허공에 자욱한 오후
잠시 쉬는 시간인지
두 남자
초록 피 흥건한 바닥에 마주 앉아
볼우물 가득 우물거리며
빵과 우유 달게 먹고 있다

폐타이어

자꾸만 미끄러졌다
헛바퀴만 돌았다
더 이상 달리지 못하고 길에서 추방당했다
제 몸에 새겨진 길 마모되고 비로소 바닥에 누워 버렸다
사람들이 옆구리를 발로 찬다
공기압이 빠져 힘없는 그의 속을 체크한다
몸에 장착했던 근사한 휠이 빠져나가고
그는 바퀴 대신 고물이라는 새 이름을 얻었다
속도를 잃어버리고 빈 무게만 남은 몸뚱어리

예전엔 단단한 이빨로 길을 물었다 뱉기도 하고
가끔은 짐승을 죽여 몸에 피를 묻히기도 했다
그는 제 몸이 타는 냄새도 모를 만큼 경쟁을 즐긴 적도
있었다

이제 그는 하루하루가 피곤한 늙은 타이어
어떤 친구는 목선에 매달려 바다를 질주하며 산다 했고
어떤 친구는 공원 모래밭에 반쯤 몸이 묻혀 사람들의 등
짝을 펴 주면서 산다 했다
쓸모없음의 쓸모 있음을 누리고 있다고 했다

몸꽃

열다섯 살 사춘기 젖 망울이 제법 봉곳하게 솟아오르자 엄마는 뭐 좋은 거라고 빨리 자라냐며 눈을 흘겼다 잘못한 것도 없이 미안했다 그날 이후로 아버지와 오빠들 옆에 가는 게 불편했는데 왠지 파란 대문 집 영수 오빠는 자꾸 보고 싶어지고 신경이 쓰였다 어머니가 그 집에 대해 얘기를 하면 귀를 쫑긋 세워 듣고 골목에서 가끔 마주치면 얼굴이 빨개져서 집으로 후다닥 숨어들었다 중간고사 끝나고 일찍 집에 오니 어머니가 이불 홑청을 마루에 깔고 바느질을 하고 있었다 빳빳하게 풀을 먹인 흰 옥양목에서 까실까실한 가을 햇살 소리가 들리는 듯했다 엄마 옆에 앉아 대바늘 귀에 무명실을 꿰어 주었다 좀 귀찮아서 실을 길게 했더니 그러면 시집을 멀리 가게 된다고 했다 일부러 실을 더 길게 해서 드렸다 엄마는 웃으며 눈을 흘겼다

저녁 먹고 일찍 자려고 누웠는데 영수 오빠네 어머니 목소리가 들려왔다 백설기를 했다고 가져왔단다 영수 오빠는 집에 왔을까 궁금해지고 그의 교복 입은 모습이 자꾸 떠올랐다 뒤척거리다 잠이 들었다

아침에 눈을 떴는데 느낌이 이상했다 놀라서 이불을 젖

히고 일어나 보니 흰 요에 붉은 것이 묻어 있었다 자고 있는
언니를 깨우지도 못하고 그저 멍하니 요만 바라보고 있었다
밤사이 내 몸을 밀고 나와 붉게 핀 꽃 한 송이, 신기한 것도
잠시 엄마한테 혼날까 봐 더 걱정이 되었다

제4부

고독을 읽자

영국에서 '외로움(loneliness) 담당 장관'이 탄생했다. 일간 《더 타임스》 등 현지 언론은 테리사 메이 총리가 '외로움' 문제를 담당하는 신설 부서의 수장에 트레이시 크라우치 스포츠 · 시민사회장관을 임명했다고 16일 보도했다.
—《동아일보》 한기재 기자 입력 2018. 01. 18.

외로움을 국가가 관리한다고? 외로움도 복지의 대상이 되나? 물론 국가는 국민을 사랑하니까 선의로 만들었지만 우리가 나무 한 그루의 외로움을 가늠할 수 없듯 복지란 이름으로 영혼의 창문을 엿보며 간섭할 수는 없지 외로움은 누가 옆에서 들어 주기만 해도 치유가 된다고 한나 아렌트는 말했지만 외로움은 파면 팔수록 커지는 구멍 같은 것 친절이 법의 옷을 입으면 폭력이 되지 공무원은 웃는 얼굴로 문지방을 넘으며 감시와 통제 리스트에 이름을 올려놓지 만약 외로움이 없어지면 어떻게 증빙을 해야지? 주민 센터에 가면 등급을 매긴 서류가 있을까 마음을 종이로 어떻게 떼냐고 타인의 외로움은 상관에게 매일 보고하고 버리는 폐지 같은 게 아니야 고독을 살리려면 마음 아래로 아래로 높아져야만 되는 거야

얼음 호수

구름이 걷다가 미끄러지고
달빛이 미끄러지고
철새 소리가 미끄러지며 뒤엉킨다
햇살이 노크를 해 보지만
단단한 서슬의 표정 짓고
부답 묵묵
침묵의 두께를 알 수 없다

밤새 눈이 호수를 덮은 어느 날
그가 꽝꽝 목 놓아 울었다
설해목이 같이 울어 주었다

허공의 한복판에서
울음과 울음이 만났다

노인

공터에 벤치 하나
버려진 채
수풀에 둘러싸여 있다

아무도 그를 앉지 않는다
아무도 그를 머무르지 않는다
아무도 그에게 기대어 쉬지 않는다

사람들은 새로 생긴 산책 길로 지나다니고

가끔 까마귀 한 마리 앉아 울고 갈 때가 있다

쓸개

쓸개가 없는 달팽이
똥은
당근을 먹으면 주황색
배추를 먹으면 초록색
단호박 먹으면 노란색이라네

알고 보니 쓸개 빠진 놈은 욕이 아니었네
입출이 투명하고 정직하다는 것

먹은 걸 속이고 똥 색깔을 속이는 사람이 얼마나 많은가
곰 쓸개를 훔쳐먹은 입으로
생명을 짖어 대는 사람들

옛날 친구에게 사기당하고 펑펑 웃던 아버지한테
엄마가 양은 냄비 던지며 했던 말
에라 이 쓸개 빠진 인간아

초대

호랑거미

허공에 이슬 주렴을 걸어 놓았다

이슬에 취해 걸려든 초파리 두 마리

죽음으로의 초대

곧 만찬이 시작되려는

순간

박새 한 마리 날아와 거미를 물고 사라진다

동전과 아버지

돼지 저금통 세 개를 헐어 방바닥에 쏟았다. 촤르르 동전들이 봉긋하게 돔처럼 솟았다 수많은 이들 수많은 곳을 거쳐 손때가 묻어 있는 동전이지만 많이 있으니 뿌듯했다 오백 원, 백 원, 십 원짜리를 분류했다 다음 날 비닐에 담아 들고 집 앞 은행에 가는데 동전 무게가 만만치 않았다 직원이 동전 분류 기계에 넣으니 순식간에 동전들이 금액별로 흰종이에 또르르 말려 나왔다 확인하고 통장에 입금을 시켰다 무거웠던 동전의 무게가 순식간에 통장에 숫자로 찍혔다 바로 위에 며칠 전 입금된 남편 월급이 찍혀 있었다 한 달 치 수고가 숫자로 찍힐 뿐 용돈도 내게서 타다 쓰는 남편을 생각하니 괜스레 송구해지는 마음이었다 봉급날이면 당당하게 퇴근을 하시던 아버지 모습이 떠올랐다

아버지는 월급날이면 불콰한 얼굴로 집으로 들어오셨다 양손에 수원에서 유명한 진미 통닭 세 마리와 사이다 세 병을 들고 와서는 잠든 아이들을 깨워 안방으로 불렀다 신문을 깔고 기름 밴 누런 종이에 담긴 통닭을 꺼내 놓았다 납작 엎드려 있는 닭 모양새가 우스꽝스러웠다 우리들이 손대기 전 아버지는 닭다리 하나를 뜯어 이건 엄마 거 하면서 손에 쥐여 주었다 그제서야 내복 바람의 다섯 형제들은 입에 기

름을 묻혀 가며 먹었다 흐뭇해하며 그런 우리를 바라보다가 아버지는 잠바 안주머니에서 누런 월급 봉투를 꺼내 엄마에게 내밀었다 그리고 바지 뒷주머니에서 현금을 꺼내 나이순으로 이름을 부르며 지전 몇 장을 나눠 주셨다 한 달 용돈이었다 나이에 따라 금액이 달랐다 달에 한 번 아버지는 아버지를 골고루 나눠 주셨다 다음 날 아침 출근을 하며 아버지가 벽에 걸린 잠바를 입는데 주머니에서 동전 부딪히는 소리가 났다 왼쪽 뒤축이 닳은 구두를 신고 대문을 나서는 아버지 어깨가 기우뚱해 보였다

진부

옛날 고기가 귀하던 시절 자신이 가지고 있는 고기를 남들에게 자랑하고 싶어 한 사내가 있었다 그는 사람들이 올 때마다 자신의 고기를 꺼내 보여 주곤 했다 사람들은 누구랄 것도 없이 고기를 보며 감탄했고 주인을 부러워했다 사내는 그것을 즐기며 자신이 대단하다고 우쭐대고 있었다 그러나 시간이 지나면서 고기는 썩기 시작했고 서서히 악취를 풍겼다 사내는 계속해서 고기를 보여 주었다 하지만 사람들은 이제 악취 나는 고기에는 관심이 없고 사내를 멀리했다 사내는 자만심에 마비가 돼 고기에서 썩은 냄새가 나는 것도 몰랐던 것이다 그래도 그는 계속 썩은 고기를 붙잡고 놓지를 못하고 있었다

바룬다 새

인도 민담에 '바룬다'라는 새 이야기가 전해져 옵니다 이 새는 몸은 하나 머리는 둘인 새인데 샴쌍둥이 같이 생긴 모습입니다. 이 새가 어느 날 길을 가고 있는데 길에 버려진 떡 하나를 보게 되었지요 새의 한쪽 머리는 떡의 색깔을 보자마자 독이 발라져 있다는 것을 알고 있었지요 다른 한쪽은 전혀 모르고 있었고요 한 몸이었지만 둘의 마음은 바라보는 곳이 달랐습니다 떡에 독이 묻어 있는 것을 알고 있는 한쪽은 늘 다른 쪽에게 시기와 열등을 느꼈고 눈엣가시처럼 미워했지요 그래서 다른 쪽의 머리를 죽여 버리기 위해 양보하는 척하며 떡을 먹으라고 권했지요. 한쪽을 믿은 다른 한쪽은 아무 의심 없이 떡을 주워 먹었답니다 잠시 후 독이 몸으로 퍼지자 둘은 고통스럽게 죽었답니다

사랑 1

불 앞에 서서 참깨를 볶는다
주걱으로 살살 젓는다
납작납작한 참깨들 사이를
지그재그로 갔다가
찰진 욕을 써 보다가
원을 그리다가 세모도 그려 본다
깜빡하는 사이 태울 수 있기에
잘 지켜보고 있어야 한다
저 깨알들도 모여 있으니 묵직하다
젓는 것이 지루하고 심심해질 즈음
토도독,
맛이 점화되는 소리
뒤이어 토도독 톡톡
불꽃놀이 빛처럼 터지는 참깨 익는 소리
어떤 놈은 튀어 오르며 프라이팬 밖으로 탈출을 시도한다
좀 더 빠르게 젓는다
통통해진 참깨가 많아지면 약불로 줄이고 쉬지 않고 저
어 준다
노릇노릇하게 퍼지는 고소한 냄새
불을 끄고 남은 열로 마저 익힌다

잘 익었는지 알려면 눈으로만 보지 말고

참깨를 엄지와 검지로 비벼서 바스러지면 잘 익은 거라

고 했던

어머니 말씀이 생각난다

만추

  양화리 장남평야를 배경으로 노부부 TV 출연 중입니다
육십삼 년 간직해 왔다는 사주 택일 봉투를 꺼내 보여 줍니
다 할머니 골 파인 주름 수줍게 웃습니다 큰 애 배 속에 있
을 때 보국대 끌려가서 고생했고 6·25 땐 두 번 죽다 살았
다고 질곡의 삶 담담하게 얘기합니다 할아버지 첫날밤 생각
나세요 얄궂은 질문에 할머니는 괜스레 영감님 옆구리 꾸
욱 찌르고 샥시가 하두 이뻐 그날꺼정 내비두남 워디 할아
버지 마른 낙엽 같은 얼굴이 금방이라도 부서질 것처럼 껄
껄 웃습니다 어르신 사랑이 뭐예요 리포터 질문에 사랑이
라 평생 여자헌티 엎드려 절하다 가는 거지 절할 기운 없으
면 그땐 가는 거구 허허 노을이 노부부 얼굴을 홍시처럼 붉
게 물들이고 수만 평 벼 이삭들의 노란 환호성 물결처럼 출
렁입니다

맴돌다

어릴 적 고추 먹고 맴맴 돌다 어질어질 쓰러진 적 있었지
제 몸 스스로 축이 돼서 돌던 맴맴 놀이 자라면서 누군가가
내 마음의 축이 됐고 그 주위를 맴돌던 적 몇 번 있었지 국
어 선생님이었다가 옆집 오빠였다가 동아리 선배였다가 사
는 동안 축의 주인 자주 바뀌었지 요즘 그를 맴돌고 있어 나
를 잡아당기는 그의 구심력에서 벗어나질 못해 그의 마음
주변을 빙빙 돌기만 하는 나는 늘 약자야 그의 자기장 속에
서 가까스로 버티고 있는 난 언제든지 백기를 들 준비가 되
어 있어 그가 끌어당기기만 하면 못이기는 척 비틀거리며
그에게로 쓰러질 수도 있어 하지만 맴도는 묘한 쾌감도 있
어 걱정 마 스토커와는 달라 스토커는 상대가 알게 하지만
맴도는 건 상대가 모르게 하는 거야 맴돌다 맴돌다 지치고
마음의 한기 느껴지면 그에게 딱 한 발짝만 다가가 마음의
잔불이라도 쬘 거야

풍경

전각 처마에 매달린 심해어

눈 뜨고 자고 있다

바람이 지나며 꼬리를 툭, 친다

심해心海 유영하는 풍경 소리

바람의 말 조요롭다

가을

공주시 정안면 사현리
팔월의 끝자락
한낮의 땡볕 밭두렁 고랑 따라 고여 있네
순자네 잡종 개 컹컹이
밤나무가 펼쳐 놓은 그늘에서 쉬고 있네
축 늘어진 불알 위로 똥파리 날아다니며 희롱하고
늦매미 쉒쉒 짝 찾느라 목이 쉬고
컹컹이 혓바닥 길게 내밀고 숨 헐떡일 때마다
불룩한 배 장단 맞춰 들썩이네

낮잠 달게 자고 일어난 컹컹이
앞산 자락에 핀 구름꽃 한 떨기 보고 월월 짖어 대자
설익은 밤송이 떨어져 컹컹이 머리에 꽂히네
가을에 찔려 아프다고
나 살려라 뱅뱅 돌며 사방팔방 뛰어다니네
신작로 따라 늦여름 꽁지 빠지게 도망가네

빈집

마당에 무성하게 자란 초록 함성들
낡은 철제문 열어젖혔다
녹슨 시간의 가루들
부스스 떨어져 내린다
빈집의 쇄골이 드러난다
풀섶 사이
손 잃어버린 목장갑 한 짝
저 혼자 골똘하다

사랑 2

젠투펭귄은 프러포즈 선물로
동글동글하고 매끈한 잔돌 중에
제일 예쁜 걸 한 개 골라
입으로 건넨다고 하네요
암컷이 갸웃갸웃 머뭇거리다
입으로 받아 물면
프러포즈를 받아들인다는 뜻이래요
둘은 부지런히
자갈과 조약돌을 주워 와
보금자리를 만들고
둥지가 완성되면
사랑을 한대요
시간이 흐른 후
둘 사이엔
세상에서 제일 예쁜 알이 태어난대요

다 들어왔는디

하회탈 닮은

구십 노인

틀니 딱딱거리며 말합니다

이 촌구석 산골에

전기 들어오고

수도 들어오고

전화도 들어오고

다 들어왔는디

사람만 도망가 브렀어

허허 참

해 설

일상성의 시학을 향하여
—신형주 시집 『내일 헤어진 사람』 읽기

오민석(문학평론가, 단국대 교수)

1

앙리 르페브르(H. Lefebvre)에 따르면 일상은 "환상과 진실, 권력과 무력無力, 그리고 인간이 통제할 수 있는 영역과 통제할 수 없는 영역이 서로 교차하는 곳"이다. 그곳은 자연의 리듬들, 몸의 다양한 생리적 리듬들, 그리고 사회적 리듬들이 서로 갈등하며 변화를 일으키는 공간이다. 일상은 한마디로 모든 일이 일어나는 공간이고 그 모든 일의 효과들이 각인되는 공간이다. 그러므로 일상성을 잘 관찰하면 개인과 사회, 욕망과 제도, 세계의 복잡한 흐름을 잘 이해할 수 있다. 이런 점에서 신형주 시인은 일상의 관찰자이고 일상의 포획자이다. 그녀에게 일상은 지루한 반복이 아

니다. 그녀에게 일상성은 의미로 충만한 시그너처signature
이다. 그녀는 일상의 물결 속에서 욕망과 싸움, 그리움과
본능, 그리고 기억의 물고기들을 잡아낸다. 그녀는 평범한
외피 뒤에 있는 보물의 세계를 들쑤셔서 시의 그물로 몬다.
그녀가 일상성을 포획할 때, 일상의 폭력과 욕망과 기억들
이 줄줄이 걸려 나온다. 그녀의 시들은 그러므로 먼 추상이
나 개념에서 오지 않는다. 그것은 지루함과 반복의 외투를
입고 있는 일상의 구체성에서 온다. 그녀의 시들은 티브이
화면에서 오고, 전철 안에서 오며, 공원 벤치에서 오고, 빈
집에서 온다. 일상의 산호초엔 세계의 진기한 핵산核酸들이
작은 물고기들처럼 숨겨져 있다. 시인은 일상의 지루한 풍
경 뒤에 숨겨져 있는 형형색색의 비경들을 끄집어낸다. 그
녀는 능숙한 스쿠버다이버처럼 일상의 심연 속으로 파고 들
어가 상투성의 수초들을 휘젓는다.

> 허공에 마음의 투망 멀
> 리 멀리 던진다
> 이국의 낯선 내음
> 꽃향기들
> 새소리들
> 헤엄치다
> 그물에 걸린다
> 펄떡펄떡 살아 움직인다

휘돌아 기는 바람 속에서 얼핏 나타났다 사라지는

그리움 한 마리

지느러미가 크다

—「바람의 여울목」 부분

"허공"은 마치 아무것도 없는 것처럼 보이는 일상의 은유이다. 그 뻔해 보이는 일상에 시인이 "마음의 투망"을 멀리 던질 때, 낯설고 새로운 냄새, 향기, 소리들이 "펄떡펄떡" 산 채로 걸린다. 시의 그물은 친숙한 것을 낯설게 하고, 보이지 않는 것을 보이게 하며, 들리지 않는 것을 들리게 한다. 시는 너무 친숙해서 느낄 수 없는 것을 느끼게 해 준다. 이 작품에서 시인은 "바람의 여울목"에서 눈에 안 보이는 물고기를 낚는다. 그녀의 그물에 포획된 것은 지느러미가 큰 "그리움 한 마리"이다. 그리움을 낚는 자는 외로운 자이다.

공터에 벤치 하나

버려진 채

수풀에 둘러싸여 있다

아무도 그를 앉지 않는다

아무도 그를 머무르지 않는다

아무도 그에게 기대어 쉬지 않는다

사람들은 새로 생긴 산책 길로 지나다니고

가끔 까마귀 한 마리 앉아 울고 갈 때가 있다

—「노인」 전문

공원에 버려진 벤치에서 시인은 "노인"을 읽어 낸다. 여기서 노인은 아무도 가까이하지 않는 존재로 은유되므로 외로움을 상징한다. 앞의 시에서 시인이 낚은 '그리움'과 이 시에서 건진 '외로움'은 뫼비우스의 띠처럼 이어진다. 외로움의 바깥은 그리움이고, 그리움의 안은 외로움이다. 외로움과 그리움은 태극무늬처럼 꼬리를 물고 다양한 장면 혹은 기억을 방사한다.

고금자 해녀가 물질을 끝내고 태왁을 앞세우고 뭍을 향해 옵니다 이 미터를 지나 일 미터까지 다다르자 갯바위에 앉아 담배를 피고 있던 최영만 할아버지가 꽁초를 바다로 던지고 재빨리 몸을 일으켜 할머니에게 다가갑니다 물속에서 나오는 할머니 손을 잡아 올리고 다른 한 손은 무거운 망사리를 물 밖으로 번쩍 들어 올리며 한마디 합니다

할망 오늘 하영 속았수다

—「물마중」 부분

"물마중"은 원래 '봄에 농민들이 논밭에 댈 물을 보고 환성을 올리며 춤을 춤, 또는 그 일'을 지칭하지만, 어촌에서는 해녀들이 힘든 물일을 끝내고 나올 때 디가가 망사리를

듣이주며 위로의 말을 건네는 것을 의미하기도 한다. "물마중"의 순간에 외로움과 그리움의 난제는 해결된다. 물마중은 바닷속의 고독에서 해방되고 고된 노동이 위로받는 순간이다. "할망 오늘 하영 속았수다", 이 한마디에 외로움은 사라지고 그리움은 불필요한 것이 된다. 이렇게 보면, 신형주의 시는 결핍의 은유에서 풍요의 은유로 가는 길 위에서 써진다. 결핍과 풍요는 신형주의 시를 이루는 이항 대립물(binary opposition) 중의 하나이다.

2

신형주는 일상성 속에서 풍요와 결핍의 이항 대립을 읽는다. 일상성은 이런 점에서 천국과 지옥의 결혼이고, 야만과 문명의 혼종이며, 세속과 성스러움의 공존이다. 그러므로 일상성은 시인에게 절망의 원인이자 구원의 가능성을 동시에 보여 준다.

1)
도박꾼들 뿜어 대는 광기의 눈빛
허공에서 교전 중이고
살기가 훅훅 바람을 타고 퍼져 간다

괴상한 울음과 함께 공격이 시작된다

도박꾼들 야유와 탄식 철창을 넘나들고

검은색 핏불의 찢겨진 붉은 살점이 내동댕이쳐진다

바닥에 흥건한 피

흥분하는 사람들

투견 주인들의 괴성

상대의 목덜미 물고 꼼짝 않는 잿빛의 마스티프

이미 전의를 잃은 패배자

풀썩, 고꾸라진다

핏풀은 질질 끌려 나가고 마스티프 목줄엔 쇠사슬이 채
워진다

철창 밖에선 함성과 분노가 쏟아진다

—「생활 2」부분

2)

젠투펭귄은 프러포즈 선물로

동글동글하고 매끈한 잔돌 중에

제일 예쁜 걸 한 개 골라

입으로 건넨다고 하네요

암컷이 갸웃갸웃 머뭇거리다

입으로 받아 물면

프러포즈를 받아들인다는 뜻이래요

둘은 부지런히

자갈과 조약돌을 주워와

보금자리를 만들고

둥지가 완성되년

사랑을 한대요

시간이 흐른 후

둘 사이엔

세상에서 제일 예쁜 알이 태어난대요

—「사랑 2」전문

    1)에서 시인은 일상을 개싸움에 은유한다. 시인이 볼 때, 일상은 폭력과 야만과 광기로 가득 차 있다. 울음과 피와 괴성의 철창이 다름 아닌 "생활"의 공간이다. 생활 공간은 파괴 본능이 시연되는 장소이므로 분리와 해체의 문법이 그곳을 지배한다. 생활 공간은 목숨을 내놓고 목숨을 구하는 공간이다. 살기 위해서 목숨을 내놓아야 하는 아이러니의 공간이 일상성의 공간이다. 일상성의 아이러니는 그러나 이것보다 더 큰 대립물의 존재 때문에 더욱 심화된다. 일상성은 파괴와 죽음의 이면에 (놀랍게도) 그것과 정반대되는 에로스의 공간을 감추고 있다. 2)는 이렇게 야만과 죽음과 지옥의 반대편에 있는 사랑과 평화와 천국의 공간을 보여 주고 있다. 이 작품에서는 그것이 "젠투펭귄"의 내러티브로 비유되어 있지만, 그것은 인간의 "사랑"에 대한 환유적 표현이다. 파괴와 절단과 분리의 법칙 뒤에는 마치 뫼비우스의 띠처럼 생성과 합치와 접속의 법칙이 동시에 가동된다. 일상은 이렇게 정반대되는 대립물들이 하나의 띠지 위에 존재하는 모순과 혼종의 공간이다. 이런 유의 이항 대립은 위

105

두 편의 연작시들인 「생활 1」과 「사랑 1」에서도 반복된다. 「생활 1」은 개싸움과 하등 다름없는 처절한 주먹싸움으로 "생활"을 묘사하고 있고, 「사랑 1」은 어머니를 회상하며 깨를 볶는 평화로운 장면으로 "사랑"을 은유하고 있다. 이 네 작품은 각기 짝을 이루며 일상의 두 가지 극점들을 보여 준다. 일상은 이 양극 사이에 존재하는 광대한 스펙트럼의 무수한 점들이다.

한국 유니세프는 40만 명에 이르는 회원들의 십시일반 후원금으로 운영되고 있음에도 불구하고 사무총장을 비롯한 고위 간부들은 해외 출장 때마다 이코노미석보다 세 배가량 비싼 640만 원짜리 비즈니스석을 이용해 온 것으로 밝혀져 후원자들이 분노했다고 한다 더욱 공분을 산 건 내부 비리를 고발한 직원을 해고시켰다 한다
—2018년 4월 27일 자 인터넷 신문 《인사이트》

뼈만 남은 팔다리
빵빵한 배
굶주린 아기 새처럼
연예인 품에 안긴 어린아이
퀭한 눈망울 클로즈업되고
연예인은 세상에서 가장 낮고 슬픈 목소리로 연기한다
—「후원」 부분

이 작품은 한국 유니세프의 비리에 대한 단순한 고발이 아니다. 고발은 이미 언론에서 한 것이고, 시인은 언론의 기사를 이용하여 일상성의 독특한 구조를 보여 주려 한다. 파괴 본능과 사랑 본능이라는 정반대의 본능이 인간의 무의식에 동시에 존재하는 것처럼, 인간의 무의식이 투여되는 일상성 역시 이와 같은 대립항들이 동시에 존재하는 모순의 공간이다. 사람들의 "후원"으로 운영되는 국제기구의 고위 간부들의 행태는 선과 악의 혼종으로서의 일상성의 모습을 잘 보여 준다. 이 작품에서 그들은 "뼈만 남은 팔다리"의 "굶주린 아기 새"들을 상품화하여 그것으로 먹고살 뿐만 아니라 사치스러운 생활까지 한다. 이들이 가난을 상품화하고 연민에 호소하며 "후원"의 시장을 끌어낼 때, 선의의 후원은 '사기당한' 소비가 된다. 위 시의 함축을 더 확대하면, 위 작품은 선의만이 아니라, 말 그대로 모든 것을 상품화하는 자본 지배 사회의 일상을 그리고 있다고 해도 무방하다. 이 글의 서두에서 인용했던 르페브르의 '일상성 비판'이 효과를 거두는 것도 바로 이런 대목이다. 일상성엔 말 그대로 개인과 사회의 '모든 것들'이 투여되어 있다. 그것들을 잘 읽어 낼 경우, 일상은 지루한 반복이 아니라 의미로 무거운 기호(sign)임이 드러난다. 신형주는 그런 일상성의 기호들을 파고들고 은유함으로써 세상의 다양한 풍경들을 그려 낸다.

컵라면에 물을 붓고 뚜껑 대신 식탁에 놓인 시집으로 덮

어 놓았다 두껍지도 얇지도 않은 책 한 권이 한 끼 식량이
익어 가는 걸 도와주니 이보다 요긴한 것이 어디 있으랴 올
초 모임에서 자신의 첫 시집을 건네면서 냄비 받침으로 쓰
진 마세요 하던 어느 시인의 말이 떠올라 쓴웃음이 나왔다
김치 국물과 라면 국물이 좀 묻으면 어떠랴 시집이란 생활
의 얼룩이 많을수록 오래가고 친근한 집이 되는 것을

    …(중략)… 관념으로 지은 집, 모던하고 깔끔하게 지은 집
등 여러 시인들의 집을 방문해 보았지만 내가 제일 오래 머
물렀던 집은 벽에 얼룩과 낙서가 많은 집, 양철 지붕 위를
걸어오는 비의 발소리 들리는 집, 햇빛과 바람을 견뎌 낸 천
일염 그득한 곰소 염전 같은 집이었다

    누워서 잠 청하려던 남편 갑자기 침대 머리맡에 있는 시
집을 집어 들더니 벽에 앉아 있는 모기를 냅다 후려친다 시
집에 납작 달라붙은 피 남편은 시집의 활용법을 제일 잘 알
고 있다
                                —「시집의 활용법」 부분

  시집도 집이라면, 신형주 시인이 가장 좋아하는 시의 집
은 "생활의 얼룩"이 많은 집이다. 그녀는 그런 집일수록
"오래가고 친근한 집이 되는 것"을 믿는다. 그녀는 "관념"
의 집을 좋아하지 않으며, "모던하고 깔끔"한 집을 원하지
도 않는다. 그녀는 일상의 "햇빛과 바람을 견뎌낸" "곰소 염

전 같은 집"을 원한다. 모기를 잡기 위해 후려치는 손에 들려 있는 시집은 일상의 얼룩이 얼마나 깊게 밴 시의 집인가.

3

일상은 자본이 모든 것을 식민화하는 공간이다. 자본은 인간의 오감을 식민화하고, 사회적 관계를 식민화한다. 자본의 식민화란 모든 것을 자본의 논리 아래 두는 것, 즉 모든 것을 자본의 신하로 만드는 것을 의미한다. 신형주 시인이 일상성의 시학을 감행할 때 그녀에게 자본의 이런 풍경이 포획되지 않을 리가 없다.

> 늦은 밤 불 꺼진 방 안
> TV 속 맛 탐방 프로에서
> 사내의 게걸스러운 눈빛
> 요리조리 음식을 탐색한다
> 무슨 맛일까 상상하며
> 꿀꺽, 침을 삼키자
> 복숭아씨만 한 목젖이 움직인다
> 코를 가까이 대고 킁킁거리며
> 신음 소리 낸다
> …(중략)…

방송마다 먹방이다
자극이 셀수록 시청률이 오르는
푸드 포르노
식욕을 발기시킨다

못 참고 어느새 야식 배달 앱을
손가락으로 터치, 터치하며
허기를 수음하는 밤

—「푸드 포르노」 부분

자본은 음식과 식욕마저도 포르노화한다. 이것을 "푸드
포르노(food porn)"라 부른다. 자본에게 있어서 '먹는 행위'
는 단지 생존을 위한 영양분의 섭취로 끝나지 않는다. 자본
은 음식의 섭취를 성행위에 은유함으로써, 음식을 매혹적
인 성적 대상으로 만든다. 자본에게 '매혹적인 성적 대상'이
란 곧 매혹적인 상품을 의미한다. 자본은 "식욕을 발기시킨
다". 자본이 음식, 미각, 식욕을 식민화하는 것은 그것들로
부터 '이윤'을 창출하기 위해서이다. 소비자들은 또한 TV의
"먹방"들을 통해 자본의 신하가 된다. 소비자들은 배가 고
파서가 아니라 "허기"의 섹슈엘러티sexuality를 즐기기 위해
음식을 주문한다. 소비자들의 혀는 섹스-소비-기계가 된
다. 신형주는 TV를 시청하고 음식을 배달시켜 먹는 지극히
일상적인 풍경에서 자본의 전면적 식민화라는 리얼리티를
읽어 낸다. 이것이 그녀가 시로 수행하는 일상성 비판이다.

시인이 보기엔, 일상 안에, 말 그대로 모든 것이 숨어 있다.

　　바다에는 범고래와 바다표범 같은 천적들이 있습니다
　　무리가 머뭇거리고 주저할 때
　　한 마리 펭귄이 먼저 바다에 뛰어들자
　　뒤따라 다른 펭귄들도
　　줄줄이 바다로 뛰어듭니다
　　바다로 뛰어드는 최초의 펭귄을
　　더 퍼스트 펭귄이라 부릅니다

　　인류사에도
　　세상의 빙판 끝에 다다랐을 때
　　다수의 인민을 위해 격랑 속으로 뛰어드는
　　이들이 있었습니다

　　　　　　　　　　　　　　　—「퍼스트 펭귄」 부분

　앞에 인용한 「푸드 포르노」가 자본의 전횡적 식민화를 이야기하고 있다면, 「퍼스트 펭귄」은 시스템의 변화를 위해 "격랑 속으로 뛰어드는" 영웅적 개인을 그리고 있다. 또한 전자가 자본의 신하가 되는 무력한 개인들을 그리고 있다면, 후자는 "다수의 인민을 위해" 자기를 희생하는 개인을 그리고 있다. 이런 점에서 이 두 시는 이 시집의 근저에 있는 또 하나의 이항 대립을 드러낸다. 신형주의 시적 일상성 비판은 일상성이 특정한 것의 극단이 아니라 서로 반대되는 항목들 사이의 길항拮抗으로 이루어져 있음을 명시한다. 선박의 누르는 힘으로 부력이 생기듯, 절망은 희망의 섬이 없이 존재하지 않는다. 파괴의 복판에서 에로스가 발견되고, 접속의 순간에 이미 분리가 시작된다. 신형주는 이런 이항 대립물들의 꼬리가 서로의 꼬리를 물며 길게 이어지는 것을 일상성이라 간주한다. 이 시집은 그런 일상의 궤도를 돌며 시인이 포획해 내는 무수한 대립물들의 기록이다.